吃齋唸佛的老奶奶

小說

1956 〈清道夫的孩子〉
1969 《兒子的大玩偶》
1974 《鑼》
1974 《莎喲娜啦 · 再見》
1975 《小寡婦》
1979 《我愛瑪莉》
1985 《青番公的故事》
1989 《兩個油漆匠》
1999 《放生》
2000 《看海的日子》
2005 《銀鬚上的春天》
2009 《沒有時刻的月臺》
2019 《跟著寶貝兒走》
2020 《秀琴，這個愛笑的女孩》

散文

1976 《鄉土組曲》
1989 《等待一朵花的名字》
2009 《九彎十八拐》
2009 《大便老師》

詩集

2022 《零零落落》
2023 《撐亮星空的菅芒花：黃春明詩話撕畫》
2024 《吃齋唸佛的老奶奶》

兒童文學／繪本

1993 《毛毛有話》
1993 《我是貓也》
1993 《短鼻象》
1993 《小駝背》
1993 《愛吃糖的皇帝》
1993 《小麻雀 · 稻草人》
2023 《犀牛釘在樹上了》
2024 《貓頭鷹與老烏鴉》
2024 《巨人的眼淚》

文學漫畫

1990 《王善壽與牛進》
2023 《石羅漢日記》

黃春明 文學作品

黃春明先生為台灣國寶級文學大家，曾獲吳三連文藝獎、國家文藝獎、行政院文化獎等獎項；文壇成就斐然的黃春明對底層人物與土地自然的關懷尤其深刻；創作以小說為主，兼及散文、詩、兒童文學、戲劇，而在文字書寫外，更發展出獨特的視覺創作形式，舉凡撕畫、插畫、攝影和油畫，多所涉獵，無不精采！不被形式制約，故無方法論與創作流派包袱，憑藉著對生命豐沛的熱情、想像力與通融豁達的幽默感，秉持天賦才華手藝與獨到美學眼光，故能持續產出具有開創性，富含社會意識，人文哲思的藝術作品。

南無阿彌陀佛唸唸鈀

嗒嗒嗒嗒鏗

奶奶有一間紅紅的經堂

　大人說，那不是小孩子玩耍的地方

吃斋唸佛老奶奶 07

經堂早晚傳出

　奶奶誦經聲喃喃

誦經聲喃喃，

　飄出撲鼻的檀香

誦經聲喃喃，

　帶著木魚銅鐘喀喀鏗

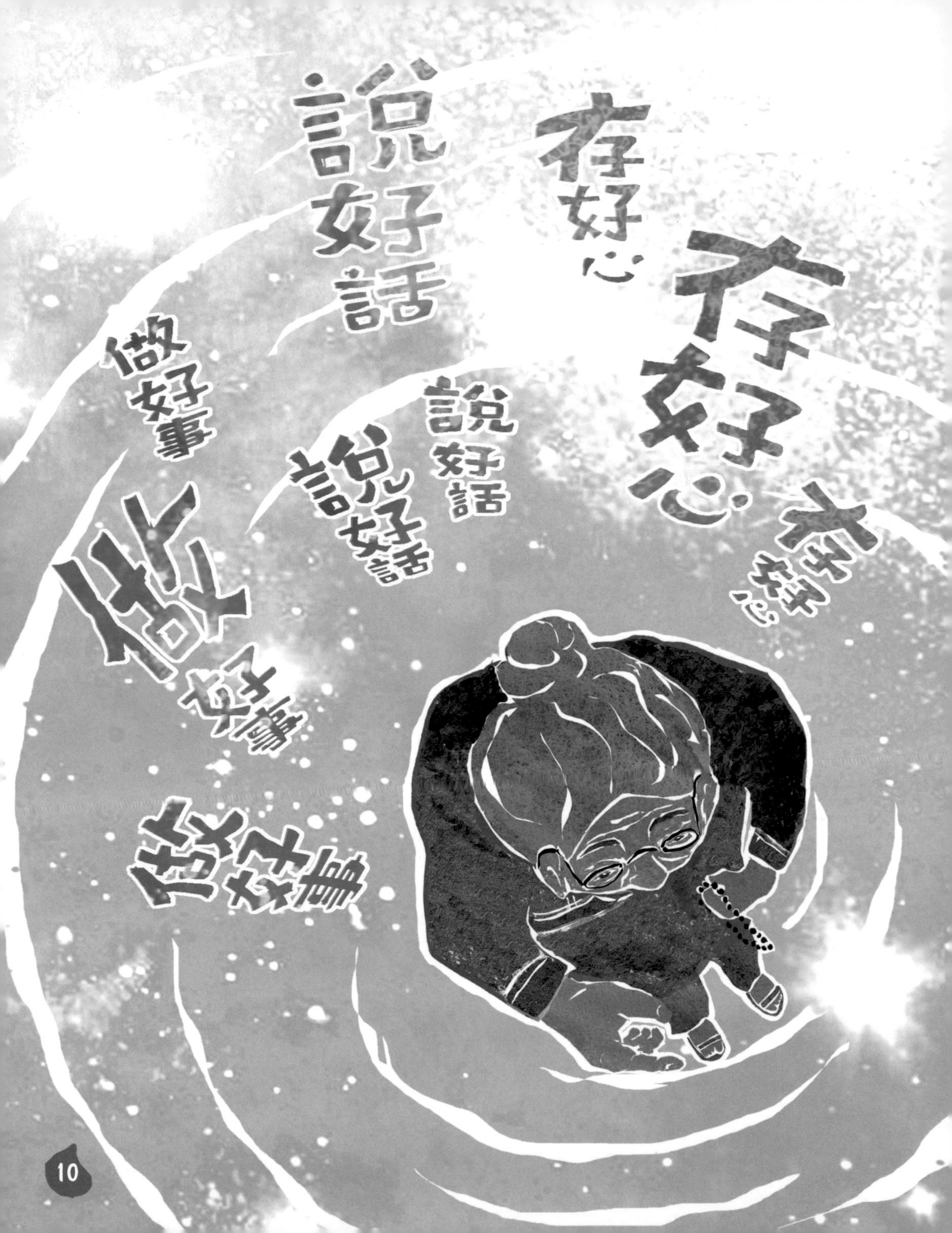
說好話
存好心
存好心
做好事
說好話
說好話
存好心
做好事
做好事

奶奶吃齋唸佛勤行善

奶奶說，佛說不許殺生

奶奶說，佛說不許這樣和那樣

南無阿彌陀佛喀喀鏗

喀喀喀喀鏗

吃齋唸佛老奶奶 ⑪

奶奶有一間紅紅的經堂

　　紅紅的經堂有一張紅紅的經案

經案上有一疊佛經封面是用金燙

奶奶從上面的波羅蜜多經

一直唸，一直唸

一直唸到下方的金剛經

奶奶誦經聲喃喃

南無阿彌陀佛喀喀鏗

喀喀喀喀鏗

奶奶唸完金剛經

　從頭再翻開波羅蜜多經

一直唸，一直唸

　南無阿彌陀佛喀喀鏗

一年一年又一年

佛經白白的紙張變黃黃

奶奶花花的灰髮變得白蒼蒼

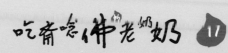

厚厚一疊佛經長蛀蟲

　奶奶見了心欲狂

　　奶奶想用木魚棒打蛀蟲

　　但是，只止於這心一想心就痛

趕緊唸幾聲阿彌陀佛拂心傷

　　她知道佛說不許殺生

　她知道佛說不許這樣和那樣

　　奶奶望著蛀蟲很無奈

她只好勤唸佛經快快翻動

　　不教蛀蟲吃佛經

　　　奶奶誦經喃喃

　　奶奶誦經難難

南無阿彌陀佛喀喀鏗

　　喀喀喀喀鏗　　喀喀喀喀鏗

吃齋唸佛老奶奶 **19**

　有一天

　　蛀蟲從波羅蜜多經吃到金剛經

　紅紅的經堂　紅紅的經案上

　　再也不見一疊紅皮燙金的佛經

　好在奶奶搶先把佛經全背完

　　可是，她背啊背啊背得背彎彎

　奶奶誦經聲喃喃

　　　南無阿彌陀佛喀喀鏗

紅紅的經案上沒有佛經可享

蛀蟲慢慢爬向銅鐘望

銅鐘硬硬啃不動

蛀蟲改變主意向木魚蠕動

奶奶看在眼裡，密密敲打木魚

而忘了敲鐘

本來可以聽到喀喀喀喀鏗

現在只聽見一連串的

喀喀喀喀沒有鏗

奶奶誦經聲仍然喃喃

奶奶吃齋唸佛勤行善

她說，佛說不許這樣和那樣

她說，佛說不許殺生

奶奶只好一邊注意蛀蟲

一邊密密地敲打木魚

木魚劈哩叭啦跳

蛙蟲耐心等著打瞌睡睡覺

奶奶誦經聲急急喃喃

南無阿彌陀佛南無阿彌陀佛南無……

喀喀喀喀沒有鏗

要木魚在經案上不停的跳

不教蛀蟲將木魚吃掉

奶奶只好不斷使勁用力敲

她不敢去吃飯　她不敢去睡覺

蛀蟲等在一旁笑

吃齋唸佛老奶奶

奶奶三天三夜沒吃沒睡覺

大兒子帶孫子來請她，她不理

二兒子和媳婦來勸她，她不睬

第十二個兒子和新娘來求她，她不應

奶奶只顧誦經敲木魚

她怕孩子們知道她的心事

她怕孩子們把蛀蟲打死

奶奶知道佛說不許殺生

奶奶知道佛說不許這樣和那樣

奶奶誦經難喃

奶奶奄奄一息

　木魚也奄奄一息

喃喃聲更是奄奄一息

　兒子們圍著她流淚嘆息

他們請來一群尼姑和老和尚

在奶奶紅紅的經堂

掛一幅西天的圖樣

在奶奶紅紅的經堂

擺了許多水果和鮮花

在奶奶紅紅的經堂

點了三百六十支燭光

吃齋唸佛老奶奶

老和尚帶領尼姑低沉吟唱

南—無—阿—彌—陀—佛……

喀喀喀喀鏗

紅紅的經堂，燭光亮星星

紅紅的經堂，誦經混聲喃喃漾漾

紅紅的經堂，檀香撲鼻瀰漫

紅紅的經堂，煙雲裊裊

吃齋唸佛老奶奶

瞇矇中他們似乎看到

一朵五彩雲

載著奶奶對著西天的圖樣

漸漸地，漸漸地變小

南—無—阿—彌—陀—佛……

一朵五彩雲裊裊繞繞

　　漸漸地，漸漸地縮小成一點

而後不見了，不見了

南 無 阿 彌 陀 佛

喀 喀 喀 喀 鏗

南 無 阿 彌 陀 佛

喀 喀 喀 喀 鏗 ．．．．．．

吃齋唸佛的老奶奶

奶奶有一間紅色的經堂
大人說，那不是小孩子玩耍的地方
經堂早晚傳出奶奶誦經聲喃喃
誦經聲喃喃，飄出撲鼻的檀香
誦經聲喃喃，帶著木魚銅鐘嗒嗒鏘

42

奶奶吃斋唸佛勤行善
奶奶說，佛說不許殺生
奶奶说，佛说不許这样去那样
南無阿彌陀佛嗲嗲鐸
嗲嗲嗲嗲鐸

奶奶有一间红红的佛堂
红红的佛堂有一张红红的佛案
佛案上有一叠佛經封面是用金烫
奶奶從上面的波羅密多經
一直唸，一直唸
一直唸一到下方的金剛经
奶奶誦經聲喃喃

43

南無阿彌陀佛嗒嗒鉭
嗒嗒嗒嗒鉭
奶奶唸完金剛经
從頭再翻開波羅蜜多经
一直唸，一直唸
南無阿彌陀佛嗒嗒鉭

一年一年又一年
佛龛白白的纸渐渐黄黄
奶奶花花的头髮变得白蒼蒼
厚厚一疊佛经裏蛀蟲
奶奶見了心欲狂
奶奶想用木鱼棒打蛀蟲
但是，只止於這心一想心就痛
赶緊唸幾聲 阿彌陀佛拜心份
她知道佛说不許殺生
她知道佛说不許這样和那样

奶奶望著蛙毒很無奈

她只好勤唸佛經快快翻動

不教蛙蟲吃佛經

奶奶誦經喃喃

奶奶誦足難難

南無阿彌陀佛嗆嗆鏗

嗆嗆嗆嗆鏗

嗆嗆嗆嗆鏗

有一天
庄焘从波罗蜜多经吃到金刚经
红红的经卷
红红的经卷上
再也不见一整红皮烫金山佛经
好在奶奶抢先把佛经全背完
可是，她背啊背啊背得背弯弯
奶奶诵经声喃喃
南无阿弥陀佛喽喽锺

紅紅的落葉上沒有佛經可唸
蛙蟲慢慢爬向銅鐘去
銅鐘硬硬唸不動
蛙蟲改變主意向木魚蠕動
奶奶看在眼裡，密密敲打木魚
而忘了敲鐘
本來可以聽到喀喀喀喀鐘
現在只聽見一連串的
喀喀喀喀沒有鐘

奶奶誦經聲仍然喃喃
奶奶吃齋念佛勤行善
她說，佛說不許這樣和那樣
她說，佛說不許殺生
奶奶只好一边注意娃娃
一边輕輕地敲打木魚
木魚劈哩叭啦跳
娃娃耐心等著打瞌睡睡覺
奶奶誦經聲急急喃喃
南無阿彌陀佛南無阿彌陀佛南無⋯
喀喀喀喀沒有鱼

雷木鱼在經案上不停的跳
不教蛙跳將木鱼吃掉
奶奶只好不斷使勁用力敲
她不取去吃飯
她不敢去睡覺
蛙跳事在一旁笑

奶奶三天三夜没吃没睡觉
大兒子帶孫子来請她，她不理
二兒子和媳婦来勸她，她不睬
第十二個兒子和新娘来求她，她不应
奶奶只顾誦经敲木鱼
她怕孩子们知道她的心事
她怕孩子们把蚊蟲打死
奶奶知道佛说不許殺生
奶奶知道佛说不許这樣和那樣
奶奶誦经声难喃

奶奶奄奄一息
木魚也奄奄一息
喃喃聲更是奄奄一息
兒子們圍著她 流淚嘆息
他們請來一群尼姑和老和尚
在奶奶紅紅的靈堂
掛一幅西天的圖樣
在奶奶紅紅的靈堂
擺了許多水果和鮮花

在娜娜紅紅的佛堂
點了三角六十支燭光
老和尚帶領尼姑低沉吟唱
南-無-阿-彌-陀-佛-……
嗒嗒嗒嗒鐘聲

紅紅的佛堂，燭光亮晃晃
紅紅的佛堂，誦經混聲喃喃盪漾

红红的佛堂，檀香袅袅渐漫
红红的佛堂，烟雾袅袅
朦胧中他仙仙似乎看到
一朵朵彩云
载著奶奶对著西天的回眸
渐渐地，渐渐地变小
南－无－阿－弥－陀－佛－……

一朵彩雲裊裊嬝嬝
漸漸地，漸漸地縮小成一上
而後不見了，不見了
南無阿彌陀佛
嗒嗒嗒嗒鏗
南無阿彌陀佛
嗒嗒嗒嗒鏗……

星月風 14

吃齋唸佛的老奶奶

黃春明　詩文・撕畫・手稿

繪　　圖　吳曉惠

總 編 輯　賴瀅如
編　　輯　蔡惠琪
美 術 設 計　許廣僑

出版・發行　香海文化事業有限公司
發 行 人　慈容法師
執 行 長　妙蘊法師

地　　址　241 新北市三重區三和路三段 117 號 6 樓
　　　　　110 臺北市信義區松隆路 327 號 9 樓
電　　話　(02)2971-6868
傳　　真　(02)2971-6577
香海悅讀網　https://gandhabooks.com
電 子 信 箱　gandha@ecp.fgs.org.tw
劃 撥 帳 號　19110467
戶　　名　香海文化事業有限公司

總 經 銷　時報文化出版企業股份有限公司
地　　址　333 桃園縣龜山鄉萬壽路二段 351 號
電　　話　(02)2306-6842

法 律 顧 問　舒建中、毛英富
登 記 證　局版北市業字第 1107 號

定　　價　新臺幣 349 元
出　　版　2024 年 5 月初版一刷
Ｉ Ｓ Ｂ Ｎ　978-626-96782-8-0
建 議 分 類　文學｜繪本｜黃春明撕畫

f 香海文化　　香海悅讀網

國家圖書館出版品預行編目 (CIP) 資料

吃齋唸佛的老奶奶 / 黃春明著 .-- 初版 .-- 新北市：
香海文化事業有限公司 , 2024.05
56 面 : 17 X 20.5 公分
ISBN 978-626-96782-8-0(精裝)

863.51　　　　　　　　　　113004042